廖啟余

別裁

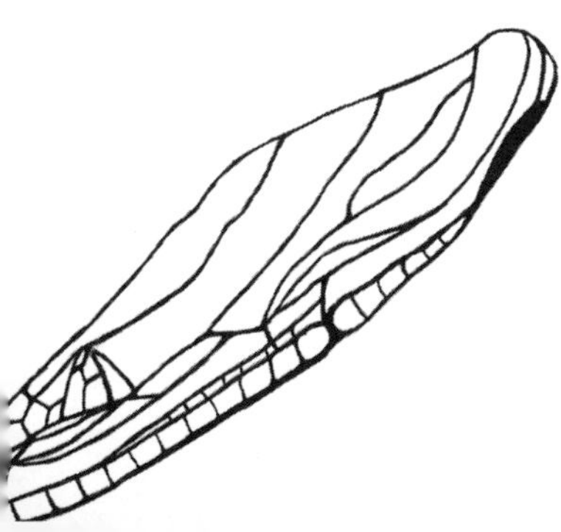

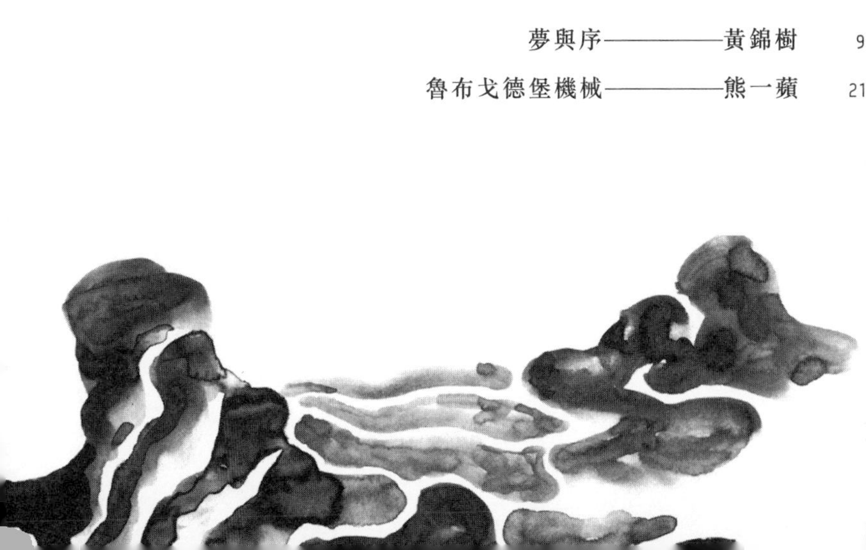

輯一 下一個房間

輯二　茜草滿盈館

輯三　微型恐怖攻擊

夢與序

黃錦樹

〔散文不後設〕

等待許久的雨終於淅淅瀝瀝的落下。

暖冬的末尾，空氣幾乎日日紫爆，曾幾何時，「最宜人居處」經常「不宜出門」。下雨應該會好些，雨水與許會把汙染帶向大地。雨刷撥弄著玻璃上的流水，收音機裡播放著海頓的大鍵琴交響曲，女主播方才介紹說：海頓七十七歲那年死於憂國。

車子往醫院的方向徐行。去年三月末發的病，將近好至可以忽略時，十一月竟又復發，恢復且比上回慢。先是每週回診，接下來是隔週。你感覺是在恢復中，眼皮不再往下掉，頭不再暈，但醫生不敢輕易給你停藥，雖然療程已進入第五個月了。

藥物讓你夜裡難以成眠，白日嗜睡，但睡不久，終日昏昏然。

幾個月前，一位父執輩同鄉素人找你為他的書寫序。明確的文類屬性，散文，老練的文字，比一般散文寫手的文字有趣多了。你的序嘗試給他一個文學史定位，揭示它的優勢。在藥物的作用下，失眠的你花了很多時間在深夜凌晨反覆的寫。睡意濃時，眼睛一閉上就入眠，如果手指恰壓著刪除鍵，常常把大段文字刪了。醒來時發現了，只好又費許多時間憑記憶補上；但天亮後發現那半醒半睡間寫的，竟都消失得無影無蹤。也許沒存到。即便其時用臉書或電郵寄出去的，找出來看，裡頭仍是這裡殘那裡缺的。好像做了場寫序的夢。

朋友建議你去掃毒，「電腦一定是中毒了！」他再三從千里之外傳來訊息。

於是，以前幾天就可以完成的事，如今得花上數倍的時間；即便完成了，列印出來，也還擔心是不是只是幻覺或夢——那種不真實的感覺，還會持續上好幾天。

多出來的時間，失去的時間。

沒法寫作。

出版社問你是不是要為那本即將重出的舊小說集寫個新序。二十年前的舊作。

好似有許多話說，好似無話可說。年輕時的想法，都在年輕時寫的序裡了。

但總得寫些什麼。

一年前，你邀一位比你年輕得多的同輩為它寫篇序。當年你在大馬燒芭，引火燒身，他們近處觀戰，你想知道他們的看法，想知道那樣的清理他們是否覺得受惠。但也接近截稿時間了。

是事忙，還是措辭困難？

又一篇序插進來。

出版社成功的把你的一本書賣出大陸版權，版稅老早領了，也花掉了。兩個多月前，因開車時突然睡著（彼時的狀況，醒時如夢，但一般只會在等紅燈時睡著），該轉彎時沒轉，直直撞了牆。那筆額外的收入，剛好用於修車。

排版好後，編輯通知「除了修正部分習慣不同的用語外，也修改了一些敏感詞彙」，他們發現原書的〈跋〉多處語涉民國、台灣（甚至有「一邊一國」之嫌者）都得改，以免審讀不通過。還建議你另寫一篇序，「談談馬華文學與中國大陸，以加深大陸讀者對馬華文學的了解」。書內的「中國」會不會都被改做「祖國」，而序的標題是否會被改為可笑之至的「致祖國讀者」？

到得稍晚了些，診間都是病人，老人居多。總是漫長的等待，直到過了正午。

「這病反反覆覆的。」

往上看。往左看。往右看。

醫生例行的用手電筒照你的眼肌。

他再三交代，多休息，千萬不要感冒，以免變重症。

例行的開藥。

「能不能再減一顆？」你哀鳴。

雨依然斷斷續續的下著。

春雨來過後，黃花風鈴木盛開；櫸木和木薑子先後發出新芽，蜜蜂嗡鬧，一年一度的花季也到了。桃，李，櫻都稍微早些，而如今，所有的柑橘品類也都開了花。

幾個月前，一位年輕的詩人找你為他一本即將出版的小書寫個序。那時你的狀況頗糟，但你想，時間還早，到截稿時，應該就好得差不多了。稿子你擱了好久，一直沒看，雜事也是要排隊的；況且，工作之餘也沒剩多少精神。

終於到了不能再拖的時候。

於是你反覆閱讀。數十個幾百字的斷片，雜感、隨感、素描、速寫、寓言（〈兩個國王〉、〈房間〉、〈下一個房間〉等）、極短篇……（後二者較少）有的標題簡直是論文（如〈論康德，以及生物學的崇高〉、〈異化勞動〉之類的），雖然內容不見得是那回事。你反覆看了一遍又一遍，企圖找出那種種片斷間的一致性與整體，看來是徒然。

你試著設想，如果真如理論家所言，小說的形式可以包含所有文類，那是不是有某個特定主題的敘事，可以包含這所有的斷片？或者反過來，那些斷片中其實蘊含了詩的胚胎可供採擷？還是說，與其說那些斷片屬於某個文類，還不如說，它們是在反諷那些類？

如此，序如何可能？

序究竟有什麼功能？

這些年，你受邀為人寫過好些序——所謂的「推薦序」——必須細讀文本，努力找出它的長處、特異之處，確實需費不少功夫。也難怪多年以前你的第一本書，你的老師會婉拒——後來在某個告別的場合，細微如發自夢的深處的聲音說，「當年應該幫你寫那個序的。」

有宣稱從不為人寫序的，但也有幾乎來者不拒的前輩。有些書單是看作者名字你就不會去翻。好奇翻閱之後，你驚訝的發現，他們還真的通讀了全文。真不知哪來的那許多時間。

讀過太多那類的序。不乏純粹捧場的，太多溢美之詞；或不痛不癢的，看不出撰序者是不是真的看過稿子，序本身有高度相似性。不乏以前輩的恣態指指點點的，求序者形同自虐。要寫得恰如其分，並不如想像的容易。找出作品的秀異處，必要時略事商榷，那是你的原則。但也因此曾經被退稿——大概被嫌讚美的不夠。溢美總是比批評受歡迎。

似乎是這樣的——那樣的序，是一種從文本內部延伸出來的、圍繞在外部的話語。但這回，你的序只能從反方向操作，以進入那文本深處——反向的，對序這一次文類發動一場微型恐怖攻擊。

於是你從那些斷片摘錄的筆記中摘錄重組，一行一階，排列成詩的樣式：

微型恐怖攻擊

（他們更長於用樹枝沾糞便溝通………）

當讀宇宙理論的哥哥與女友分手
街燈的黃暈捎來雨的寒涼
我終於發現了哥哥的房間
拉丁學名的花開了
畸形樹枝敲打著鑄鐵小鐘
黎明之前，黑暗的雨持續落下
對土星的戰爭已持續了一年

他該當醫生，他讀哲學
在帝國圖書館的閱覽室
走道的盡頭，是晚霞的窗
有其東倒西歪的孤獨
淨土實相只在經卷——
虛榮的肉桂。愛鑽牛角尖的
關瘋人的大鐵籠
褲襠裡的普魯士香腸
這已是全幅神話的寬幅

晚餐的咖哩沒有肉
晴夜的星星並不為我挪移

「我只會寫作」

（以上句子，含標題，均摘自廖啟余《別裁》。）

二〇一七年三月二十六日

魯布・戈德堡機械

熊一蘋

還什麼都認不清楚的高中時期，學長看了我一篇小說、見了我一次面。幾年後我們在政大見面，他一開口就叫出我名字。因而我平常沒大沒小，這種時刻則只會叫他學長。

我是想說，學長有指認的能力，我想是時時刻刻的謹慎累積而成。從《解蔽》到《別裁》，學長開始說「全部的我的技藝，就是虛空」，我惦念的還是「我全部的詩藝就是衰老」。只是《解蔽》令我著迷之處，那些操作場景的機關已不做為意象現形；《別裁》把鏡頭再往前推一點，機關落在窗格之外，操作文詞的紀律作用於無形，畫框裡呈現是一絲不苟的場面調度。

能夠寫得這樣精緻，使用工整堅硬的語法，將時序亂跳的句子結構成篇，簡直像是必須寫得這樣霸道，才能宣示對場景的支配權力。「虛空就是結構」，結構無非是權力，而展示權力總是為了隱藏什麼。

《別裁》各篇是不同目的的實驗片段，卻在百般雕琢的文字控制下，於形式能夠自我完足，來自真實或虛構歷史的宏大敘事語調將情境的高度不斷拉升，在我嚴陣以待時，最後簡短的感懷卻往往顯得凡俗——張力懸疑起來，反而感到某種神諭在日常降臨。如此，〈一段散失的對話〉便顯得平淡、〈52路公車〉顯得中二，〈62839〉和〈戰備道上〉是可愛的，但〈維他命B〉那麼over才更快樂。

學長說是虛空、是素描，其實是層層蓋起的立體紙雕；而卡片要打開了，才知道裡面寫的什麼，精緻不改變這點。

先從高談技藝的〈最好的時光〉開始，鏡頭拉遠，到時間剛從沉積成為反覆的〈一月一日〉，再拉遠，到〈聯合報〉兩則那般惦念著寫作得來的一方園地，再拉遠到〈志願〉兩則的柔軟；從寫作到寫作者的生活。支配文字的這邊越是暴露，越是有一份衷情。於是結束了寫作的主題，再看那些愛情的主題、政史哲的主題，都似乎不那麼彆扭鑽營。

看那些人物典故被調度出場，我都想待會重看得開個google。但學長在最後為他們補上一句，我也就知道，這裡他說的是「謝謝」，這裡是「愛」、「幹恁老師」、「我想要」、「我還可以」……。其實也就是少年漫畫的浪漫，異男的浪漫。

技藝的確是虛空，而虛空中有振動的空氣。自然萬物皆有音響，但野心勃勃地讓音響增幅至此，那樣的形狀與電路經過了多少推敲琢磨，都是寧為匠人的一往情深。事物通過，便不只是通過。高雄、政大、副刊、寫作，我所熟悉的軌道上，事物一件件被重新指認，是不是寫起來非要那麼地煞有其事不可，我都覺得只是害羞。

論寫作，學長是最強的傲嬌。這肯定不能拿來當文案的。

閱讀A

沉默令妳不安
卻受每一本書信賴
是的，妳想說的
總下一頁期待著妳翻頁
去下下一頁，它仍不大確信、
不篤定被捧著
就能世界的重量增添
可是妳的手好暖
世界毀滅了仍存在上一頁
那它要集合每一個字
像兵士，在妳的指尖。

輯一

下一個房間

最好的時光

你闔著眼，看見駐唱時的我。

但我不看你。我不看我的客人，我不曾歌唱，我只是樂器被寂靜占領，被憤怒通過。我讓尖嘯低吼的音牆挪向你們，你們還欲望什麼？森嚴的石牆挪移我深處，拖行著歌聲的藤蔓在我深處。那像是優雅的窗花結構的，怎麼通過我就像通過一場日蝕，繁衍出髒汙的紋路，是敞亮的窗玻璃若不破裂，就終將感染的那種紋路。那麼你拜師學唱，到底想學什麼？玻璃杯整齊的缺口，與其中的虛空？全部我所能教你，全部的我的技藝，就是虛空。我教過你了，哪些聽眾畏懼寂靜，哪些聽眾寧願憤怒，像金屬樂翻面我能教你，最好的時光，是那些我最痛恨的抒情歌曲，一次次將我唱過。

咖啡館布景（及其背面）

雨霾的瀏海
是落地窗全部的表情
難得難得這麼想讀懂妳的
只要好視力　只要一對銀湯匙
被紫藤猜對是什麼葉子
賴小茶壺及糖罐維生
仍輕輕攪拌著
於小杯子妳彷彿只是妳的手

擎長長的傘、拎舊皮箱
取出相框與燭台　現在
一隻手取出了異邦的口音
我們是兩位拘謹的猶太人
窗下水窪　都曾是焚毀的都城
恍惚木刨花乾燥的香氣
是這樣的下午
誰開口說：「我記得……」
便透露了自己仍在旅行

咖啡被規定為憂鬱，但玉米酒不憂鬱？你走過香榭，說也奇怪，就抵達了熱帶著火的山坡。人類的朋友（博物誌總這麼說）駝著背，在一排排矮灌木前進行採收。嘰咕嘰咕、噗嚕——明明就遍地流著奶與蜜的，——比起語言，牠們更長於用樹枝沾糞便溝通。這些是亞當與夏娃，在第二伊甸裡。既然　神能使時間靜止，當然能重啟造物：牠們敬畏仰望著貨櫃吊臂，手按著聖經。你突然領悟了巴黎的憂鬱，在這一排排善惡樹前，那就是瀆神的憂鬱。

夏至、蕨葉與拉丁學名的花

I

拉丁學名的花開了，蔭下箭桿的日光。拉丁學名的花已經開了，濕氣已經潰退，隨金屬殼詠唱晴空的硫磺，這些拉丁學名的花已經開了，輕藍、嫩紅的火開向濃蔭軍帳，陪伴一頭囟獸午睡，讓牠夢見最無謂的殺與被殺、無謂地亢奮，讓牠醒了就得走進空教室，尋求最最無畏的人，摸摸牠曬裂的臉的石化。這些拉丁學名的花已經開了——紡出全幅黑暗，這全幅光明——已經開了，今天起，榮譽是最後一個迎接死亡。

II

小路泥濘、暮雨滿天飛蟲……什麼都讓蕨葉發芽，她爬進了空教室，風琴鍵上排好秀氣的手。怎麼唱遊都是復沓的黑暗，蕨葉會成為那一雙手，安撫火焰成為灰燼，又揉和了灰燼在黑泥，墨綠色，蕨葉爬出水溝，如同凶獸敗亡的血，圍困牠去熊熊的鳳凰樹下。無妄的蕨葉發芽吧，無妄的蕨葉總該發芽，為了分辨生者之中的死者。蕨葉能分辨永生——這些花的拉丁學名曾用來寫作神學，永生就是一種死亡。

III

拉丁學名的花已經開了，與無妄的蕨葉相拒，火焰與黑暗的鋸齒，長長的善惡之爭，這一天，優勢即將其中的一方傾斜。光亮雲朵埋進豎穴，深處地底即釋回夏焰的盲人：「看看我燒毀的瞳孔吧？」那並非邀請，只為質問：餘生都在冥界，如何總為了最好的時光？

「唯獨戰壕能把英靈殿瞻仰，」

既然總有生者投效奧丁，亡者貞定於華爾奇麗婭為了今天，拉丁學名的花都已經開了，與無妄的蕨葉攜手，火焰與黑暗的鋸齒，長長的虛無與善惡之爭，這一天，優勢仍然在我們這一方。

潤餅、柚子與火鍋

I

返家掃墓的前晚，我總睡不穩，鄉下大厝從深處傳出鍋鏟，與炒拌的香氣。隔日透早男丁們穿棉手套和膠靴，魚貫上車，給散在四界的祖墳刈草、燒金，下晡回來，便見得大圓盤擺得花花綠綠：淨白的麵皮，豔紅的叉燒，嫩黃的蛋絲，還有辣醬、菜脯、豆芽、高麗菜……大家一手端著碗，一手抓著餅，不大說話，圍在桌邊吃將起來。四月的大厝不熱，潤餅清甜，那滋味很難說得上悲痛，嚼著嘸著，漸漸親人的死無關了，有滋味了，像桌邊淺淺的糖粉，留下輪廓而成圓，卻不見女眷抹擦。

今日是清明，死亡把四散的生活攪鬥陣。

今日是寒食，子孫們窸窣地吃，髣髴祖先低聲說著話。

II

吃柚子前，先得「宰柚子」。

先是橫裡一刀，掀了屋頂，翻手再二三四刀，劈開厚牆。倘柚子還抵抗，便更剝它、挖它、掰它，方當其時，或大或小的人類奔走讚歎，終於奄奄的柚子被剁開幾塊，綻出悲哀的果肉與果汁——不惜拆散別的人家，來成全自己家，不惜為了自己家，復折磨自己的家人，中國團圓常是這樣子：中秋卻賣著電影票的，洗著髒盤子的，樓梯間電話裡默默掉淚，正挨著男友罵的，中國人不看，不聽，且賦得楊柳枝頭，煙水正中，一輪皓月升起。那麼，怎有空姐燒光青春，放生了射箭的金牌得主，竟去陪兔子？……姪女頂著柚皮小帽來陽台，問叔叔你做什麼呢？

我說，我想告訴妳嫦娥的事。

III

年輕的母親牽我去買火鍋料。火鍋料分兩種，一種叫「桂冠」，包得閃亮亮，一盒一兩百；一種叫「棄嫌」，養在五顏六色的塑膠盆裡，半斤一斤秤著賣，每次我們都買「棄嫌」。買「棄嫌」，得走過瀰漫尿味的公園，臭臭的乾貨店，神明黑著臉的香鋪，像凶案現場的豬肉鋪，「繡學號改衣服」……菜市是鐵皮搭的，白晝的昏暗裡吊著燈泡，彷彿陰間。我抓緊母親，任老闆伸肥大的膀子撈著，秤上的小水珠滴著，響起了閩南語，銅板聲……

晚餐再看，「棄嫌」已煮熟。很可能，它們已擁有節慶的靈魂，竟成了光暈籠罩的小東西，在湯鍋裡，在電爐虛構的火焰頂頭，在不點燈的居家中心，一摩登廚房。然後大湯勺伸去，小碗遞來，盛回了羞澀的燕餃、蟹棒、蝦雲吞跟貢丸，原來，原來啊正為了帶它們回家，我才須深入菜市的昏暗，原來，那正如一切祕密：起初以為恐怖的，漸漸只是陌生，漸漸，又不過懇請我謙遜，去記取它們也渴望一個家，那樣謙遜，決心不要驚慌。

所以母親才堅持買「棄嫌」罷？無有分別，就毋須團圓。是以桌邊的團圓必經歷不同，這才記取了決心把生活共享，就像戴妥了桂冠一如某個青年詩人罷？儘管冬夜裡他不曾回家，而受困戰壕；儘管就

在那冬夜，

漫遊者靜靜跨進來，
痛苦已化門檻而為石頭——
澄明光輝所照耀，
是桌上的麵包與美酒。

是餐食記取團圓的血肉：有個陌生人為思念所熟稔，終至走進了我們之中。

情人節故事

「科學證實，青鳥銜來微小的幸福。只是，青鳥往往比幸福還微小，以至於不能以肉眼觀察。『科技形上學』部門隸屬科學工會，而『幸福光學』作為其開發專題，正是藉由精製視網膜，企圖將青鳥化為新的日常，為人們指認，從而提升感情和諧。」

後來這計畫失敗了。身為科學史研究生，我翻查了這批兩千年前的文獻，得知當時的人們懷疑，一如今日，憑什麼視網膜的高功率，就能說服我「相信」我看見了青鳥呢？沮喪的科學家費博士（2015-2107），竟大量採買了當時最便宜的裝飾小燈泡，耗費三十年，與他的團隊拈著針線，將之繫在每一隻青鳥胸前，「這將標示青鳥的飛翔與棲息！」政府採納了，科學界卻不然。且不論怎麼捕捉青鳥，這些小燈泡能發亮多久，會否改變青鳥的生態，在在都是個問題。最可惡的，荒唐的費爾史坦恩博士，他居然讓實驗室淪為黑暗時代的手工作坊！科學家受辱了，終其一生，博士給他們視為巫師，放逐到文學院。這場離奇的科學公案，也因此塵埋在主流科學史之中。

在帝國圖書館的閱覽室，我將我的歷史研究，輕聲講給身旁的小聖聽，但小聖不大感興趣的樣子，這也難怪，對土星的戰爭已持續一年，我們常約會的百貨街、噴泉廣場，若沒炸毀，也已經改建成「泰坦號」的停機坪了，更何況今天是聖誕節呢。落地窗外，或許是核爆才幾天，夕陽圓亮圓亮，光芒卻像是細瘦的白骨，來髒汙的高牆融出一個個窟窿（誰會記得，那兒本來是看星星的河堤呢？）相較之下，圖書館的聖誕樹，就閃爍得有些慵慵的；是有些顏色，但分明是些舊燈泡，更別說堆著漂亮的禮物了。

直到幾分鐘以後，無聊的小聖伸手扯了扯樹枝——聖誕樹頂端，那溫暖的上升氣流，讓燈泡們像音符一樣，陸續滑翔到眺高的中庭，到破損的書架，到查禁的書籍，到我那些舊報紙上閃爍著，像各色的水晶、啁啾著像是音樂盒，或跳向書架的另一側，當館裡漸漸昏暗，半空已架起巨大的鳥巢星座。有好一會兒我們都在發怔。

「誒，你沒騙我耶，」她拉拉我袖子。

「……不，」聰明如我，卻什麼也說不出來。

哥哥的房間

當讀宇宙理論的哥哥與女友分手，我正在市郊的天文台服替代役。童年印象裡，哥哥他為了專心讀書，總是一個人住在別處。但每晚他都買不同的小點心，牽我來看海、看夜景，所以我自幼就熟悉這兒：天文台是一座磚砌的白色半球體，有雅致的樓梯通往高處觀景台。但直到擔任「天文觀測士」，我才第一次入內，發現屋內只是一個空盪盪的大房間：沒有導覽手冊或星球模型，只放了巨大的天文望遠鏡的房間。所謂我的任務，也僅僅是上午清掃、下午回報。於是黃昏時分，我就到海堤那兒慢跑，回家淋浴，準備了晚餐的飯盒與書，夜裡就在天文台值班。規律的日子，只剩書角頁碼還前進著。它們是我端來椅子，在望遠鏡下面讀完的。從*Space and Astronomy*、*Introduction to Astronomy and Cosmology*到*Study of Space Colonization*，博學的哥哥怎料不到我來此服役？我還沒入伍，他就寄來這隻沉甸甸的紙箱了。而這兒真適合學習，讀不懂的，望遠鏡都能解答。幾個月來，我養成了事事請教望遠鏡的習慣，還驚訝地發現，這大房間看似簡陋，實則不需要額外的東西，耐心、熟練就足夠了。冰藍的星雲、嫣紅的星雲比化石古遠，比幾何精確，投映我的視網膜，無怪乎人類不免一死，書籍卻是一記載了天體，就能保存。它們無欲無求、優雅而謙遜地活在矮個子女孩只要願意，也搆手可及的高度，既不憎恨灰塵，也不感激拂去灰塵的手，與天體其實不需要天文學，是憑藉相同的不亢不卑的智慧。它們果真能自甘寂寞嗎？那個晴午，當得知哥哥分手，我才剛剛擦過窗子，正傳送這一日的安全碼，給觀測衛星到高高的頂端天穹。其實我和哥哥已經很多年沒有聯絡，即使聯絡，自己的事我們也全然不說。但那天是衛星的燃料火箭，掉回到大氣層的日子。我緊張又激動，直到那殘骸終於像水上煙火一般，飛散著零件，跌入淨空的海灣，跌出一層又一層水波。——它被耗盡了，只差一點點就照電腦所估算：直接被棄擲在天文台上頭。從那一刻的監視器，我卻發現我的天文台是何其潔白淡漠，穩穩伸出了人造的全知之眼，眺望它最期待的毀滅。

已經這麼多年，第一次，我發現了哥哥的房間。

美麗島礁

小學後門，高先生的攤車只有一隻大鐵桶，賣的是綠豆湯，全年無休，而且冬夜舀出來是溫熱，夏午冒著寒氣，不結一片霜。這簡樸生意因此有了幾分軼事感，好比太極的王師傅，就直誇這內力是藍衣社第一。高先生呢？他正招呼排隊捧著碗的老小，等來客都散，才好吊幾句嗓子。江湖清清濁濁，他垂眉只攪一桶湯綠豆。

高先生簡直就住在湯桶。天還黑，當美而美的阿珠刨小黃瓜，高先生才沖水收拾；等阿珠補過眠，慢吞吞進也不知午餐還午茶，高先生已塌坐塑膠椅打鼾。萬興宮離這兒三個街口，燒過金，婆婆媽媽得搖醒他來買碗涼水，坐待放學的小朋友來接。就這樣，高先生在寶島不能更慢活，除了西裝人進廟的時候。那時整條民生路塞進寶殿，圍觀著西裝人凱迪拉克下來，講黑金剛是特別跩，斬雞頭，血是噴特別高。可光憑蠻力把別的小癟三摔到香爐腳上？拳無身勁，低頭貓腰，呵，這算什麼功夫，嗚咿嗚咿救護車趕來，高先生嘆了口氣。是以當小總統宣布民主要停一停，他特地買報紙來裱，大同路新開西裝鋪，爆竹響著也不頭疼了。

不料這一年啊，唉，滿街都是警察，見什麼取締什麼，賺沒兩百塊，車已踩遍了鹽埕，鼓山，只差沒上渡輪去旗津。小腿硬過十六歲雞巴的那日，高先生終於來給祖師爺磕頭，邊仰望當風起，輪廓虛無都散進晴空，這爐香氤氳的，與那階下燒枯葉，烤黑輪的煙泯然無別，十二月了，高先生非常非常寂寞。他提起勺子呷綠豆，一面端詳攤車邊這黏的什麼紙？——大半生奉獻黨國，高先生第一次被開罰單。

今夜明令宵禁，但高先生絕不收攤的。玄關日光燈明暗，彷彿樟樹的睡夢底，當年南昌行營的武狀元正扯嗓子唱戲，他一定要狠狠一瞪，就等車棚最暗處踅出來那警察，忘恩負義，你這狗日的……嚇！這什麼警察，是西裝人吶！西裝人額角淌著血，好容易才數清了銅板，「綠豆攤」，對著怒容他靦腆地笑，神色卻很坦然。跟別的西裝人不同，他很斯文，很好看。

已經十二月，深深深的桶底響起冰珠。

高先生取出了自己的碗。

恐怖攻擊

我們邀請藝文界的朋友光臨樂生療養院，分享人權與漢生病的歷史已好幾個月了，這是一場持久的鬥爭，而我們需要更多群眾。台階通往庭園中央的老榕樹，如今它在繽紛笑談中完成了綠蔭的遮覆工程，根鬚像重新繫上的遺失音符，叮嚀了木吉他的音色。所以這兒有大人了，他們不畏懼得病，還帶孩子們一起來，老人家很歡迎這樣吵吵鬧鬧的週末，他們在藤椅子上端詳這群多出來的小孫子。

當我造訪樂生已近黃昏，晚天卻還鋪著輕白輕白的魚鱗，靜待樹影披上了睡夢的黑色。這樣煦暖的風景裡我知道A還坐在樹下呢，遠遠就有吉他琴身的反光，而他身邊總是些親近他的鳥雀，人是絕少的，雖說他並不桀戾凶惡。而我是來轉交前幾星期的回饋單——A是藝文界朋友裡年紀最小的一位，也有禮貌，看見我們總微笑著點頭——不知為什麼，回饋單卻不這樣寫。

A起身歡迎我，綠繡眼、小麻雀又回到樹上了，我將表格遞給他，便一同坐在磚砌的大苗圃上。A顯然不意外，翻完了那些「座談人不該朗誦歧視病患的作品」、「盼下次能邀請更尊重多元的講者」的意見，然後關心起我的生活。

我和A是反拆遷的遊行上認識的，也是我介紹來療養院講故事的。那時A和我都是「苦行組」、紮「守護樂生」的黃頭巾，每六步一跪以搏取大版面的注意。實則我們並不覺得這多悲壯，恐怕還刻意避免著，而專注在疲勞的感受本身。這麼做無非基於社會學訓練的清醒。悲壯乃著眼於極顯明的壓倒性劣勢，但樂生議題猶有過之：我們所面對乃隱形的敵人、更精緻的暴力，而我們行動時，就該同它一樣狡獪而確實。儘管媒體總封我們為「熱情而純潔的同學們」，但那時A是那樣傾力跪拜著，以滿臉的汗去溶解那寂靜，像指認劫灰就懸浮我們周身，受苦的是彎折痙攣的身體，施暴的是形上學。

後來我才知道A是鋼琴家、是詩人，當與我們一道他是避談這些的。藝術家浪漫、社會運動者憤怒，但當我提起霧峰老家休耕的田地與WTO種種，A卻少有激烈回應，他靜靜聽著，甚至有些恍惚。類似的情形一多，中睿、奕志總暗地揶揄他是「理論運動家」，也可能是那專注於自己的超然神情吧，我也不免覺得他驕傲，就漸漸與我們疏遠了；但每次迫遷他都回來，和奕志手搭手站穩了警棍下方、壓克力盾牌的同一邊。

我說，前幾天回霧峰，又和爸爸去送米了。深夜把分裝好的白米一小袋、一小袋丟到窮人家的屋子裡。爸爸駕小貨車「逃逸」的時候，他總叨念著「要幫忙可憐人」，那些人是命不好，而非產業轉型的關係。我幾次問爸爸怎麼不讀讀馬克思呢？但我知道他恨共產黨，也不曉得社會系畢業能幹麼。

這時一美婦剛牽著小女兒走過，A向那小娃娃揮揮手，直到確定她聽不見了，才講起我們初識的跪拜遊行。他覺得那很正確，跪拜以至於雙腿痠麻、表情木然，圍觀的目光才無由躲閃，原來文明生活還保存這樣的痛苦，這一種被媒體漠視、政府粉飾的痛苦，「而非另給遊客們一種快樂；好比說，現實越殘酷，藝術文學就越該提倡一種美德，像現實既容許美德假藝術而存活，它就還不是最殘酷的。若這樣狡獪的現實，曾令我們不惜匍匐跪拜，那麼我猜，那並不是為了虛構的美德而鬥爭：

瀆神的痲瘋病、同性戀
硫磺裡的無產階級
你即將領牠們去遊街
以淨化人人有一份的生活
垂詢：「您就是我的鄰人？」
從傷口掏取最精良的武器
就憑這些敵人的武器
最恐怖的今天
怎麼做都是恐怖攻擊

讀詩之間，蟬噪粗啞地響起來了，嵌一枚枚燧石，於樹蔭的天花板。神諭病房。而一切反白：日光是葉影的涼黑色，真葉實是那鋒銳的葉隙之光，直到A起身。「把志意埋藏心底，把嘴闔起來」，他笑笑與我握手：「我們是推動歷史的人。」

殷海光

溫州街小巷，樟樹榕樹的林子裡，有幢老舊的平房。等假日，等參觀過了造型詭異的孤鳳山，瞄一瞄池塘，金魚被層層浮萍悶死了，遊人們滿意地彎出木窄門，回頭一看，這兒叫殷海光故居。

殷海光是個文青。殷海光喜歡香花，喜歡麥斯威爾咖啡，喜歡原文書，但沒有錢。殷海光喜歡摩登，卻不會打電話，不會搭電梯：「門開時我進去，門再開我出來，幹，怎麼在同一樓？」殷海光喜歡出國但蔣經國不肯，可憐的殷海光。但殷海光有好太太，她做裁縫，誰有錢就多收一點，殷海光也有好學生好朋友，留美寄回支票、斷炊請他吃餃子、掏錢給他治胃癌。殷海光活沒有五十歲，但殷海光是幸福的。

老早老早，殷海光就自知一生無成。本該做醫生，他讀哲學；本該拿碩士，他抗日從軍；本該主編《聯合報》，唉，殷海光妙語如珠，鎮日罵人：整整十年啊，他給雷先生寫稿子，〈今日的問題——反攻大陸問題〉、〈君主的民主〉，亂譯大教授海耶克的《到奴役之路》，像惡作劇的小學生。起初這都沒人讀，卻終於漸漸多了，殷海光說，雷先生，龍山寺的和尚也看《自由中國》呢！

殷海光有名，是因為學術貢獻？別鬧了。連自己教符號邏輯，殷海光也有辦法算錯。這不懂得加加減減的一生啊，他見證反對黨沒了，雷震被關，胡適被閉嘴，徐復觀被出國，然後自己被吉普車載著兜風回來，下學期開始，在台大被退休。車窗裡吹風，殷海光玩味著淒涼、橫逆、與孤獨的滋味，因而確信出生那一年，五四運動實在是發生過：大學生占領了公署，點起火把，懷抱汽油，面對中國，啟蒙就是這麼搞的。

啟蒙就交給我們吧，殷海光，中國也交給我們。讓我們聽聽他多禮貌，他多愛捲舌，瞧瞧他多壯大是啊，橫豎他只有肉身。

——於青島東路

下一個房間

「你能選擇的。」

「我已選擇了。」

房間裡取下蒙眼布，黑石牆、雷雨的氣息圍繞我、使我端坐。而椅子前幾公尺，那人要我看清楚：「喏，是誰呢？」我起身，赤腳踏上濕涼、粗扎扎的草地——怎麼她在此間幽冥，我明白為什麼，我握緊刀子（不知怎麼我有了刀子），憑那寂寞的光，一步步走去，走向熟悉的她。「是這人，沒錯吧？」他問，我點點頭，多遠我都認得呀，這是我最珍惜的人呢。最珍惜的人赤裸裸的，我一個決定，她就不能不來，卻是諒解的神色。能感覺她呼吸的溫熱，我長久蹲坐著：我就是她最珍惜的人。

「那我們開始吧。」我點點頭，刀子就插進最珍惜的人最裡面。我回到她懷裡。那兒好深、好暖，連微微的痙攣也沒有，柔順地讓整把刀、我整隻手都埋進她體內。我讓她深呼吸過了，才旋轉刀鋒。於是旋轉刀鋒，替決心上發條，一圈、兩圈，開圓形一鎖孔，掀起肋骨，一對肺葉多麼羞紅、精細，讓最濃稠的血塊，內臟都流在草地上，肝與胃，濕亮的、破掉的，用手纏緊了，才割斷的小腸；像都不會痛，只是困惑：我在做什麼呢？是怕她痊癒，只好按步驟分解做一項又一項：骨盆、卵巢、子宮……最珍惜的人像責怪我亂丟，又疑惑我怎麼哭了，始終牽著我沒拿刀的手。幾次我手痠了（我剛剛剁斷她另一隻手），不得不暫停（只好先剜出眼球），最珍惜的人都沒有死，還不能死，她要確認我不必再殺一次，若那人竟懂得復活——我這才看清，那人戴兜帽遮掩他乾裂的獸髮，與神靈的眼睛。

「選擇了，就握緊刀子。你還會需要的。」他輕聲提醒，於是吩咐我殺死。我殺死。終於石牆挪出一長方形入口，白光灼眼，倒像大黑暗。我握緊刀子。

蒙上眼之前，我看見下一個房間。

應徵中文寫作輔導員

我準備好了備審資料，去應徵寫作輔導員。

是夏天的尾聲了，山坡靜悄悄，停著大朵大朵的白雲。我捧著粗扎的牛皮紙袋，穿襯衫，像好寶寶一步一步走著，走上半山腰去面試。那時我已經二十四歲，寫了幾百首詩，像經歷了無數驚險的風波，一點也不害怕。我不害怕別人問我不管什麼，反正我只談寫作，這全都在紙袋裡了。我能這樣直直地走上去，我上去過的。

我聽見小喇叭正練習一個樂句，等開學，誰耐得住寂寞，誰就可以穿皮鞋，站在管樂隊裡。我知道的，儘管之後仍是寂寞，玩味著卻再不遺憾，就像走著濃蔭的山坡，轎車一輛挨著一輛，安靜、陰涼，內在既然溫熱，更能夠黑暗裡仰望光明。我知道的，我知道面試該怎麼說，讓作品替我說，我只說「我只會寫作」就可以。我可以經過一幅幅社團海報，直到褪色、撕破也不看一眼，我可以。我會寫作就可以了。

我走進整修一半的中心，下二樓，進辦公室。那兒有許多我並不認識的人，在等我報到，要端端正正簽過了名，才領我預備的沙發坐好。沙發對面，顯然人們讀過我。那熟悉彷彿看見了沉重的窗簾被吹揚，吹來了長夏的芬芳，與強光，卻看不見風。常常我也看不見人們瞳孔的陰暗，除非燃燒我自己，常常我覺得一生寫作是漫長的碳週期，介乎火焰與灰燼，絕對的光明與黑暗之間，一面稿紙我留下了什麼，我就能夠是什麼。誰問我「你明白寫作與教人寫作的差別嗎？」……不記得了，常常我一聽見寫作，就認定了我可以，我不曾學會的到了後來，只領我繼續寫作，繼續觸碰一枚枚鉛字鏤空處，一個個放棄了又放棄的我。鉛字若都能能反白，我也曾天真地想，同樣是我，將多出好多好多。

那個下午，我去應徵寫作輔導員，就這麼結束了。然後，是年度的文藝營企畫、反覆的講義修訂、按時讀書會與駐點輔導、然後是整理圖書、發送文宣，然後做一個教育班長，到很遠、很遠的台南去。是夏天剛開始罷？等有個下午改完了整連的莒光簿，那些抵抗世界的荒謬的寫作的尾聲，我擱下筆回想在那山坡頂端，竟曾有一個世界，多少人只因寫作，便接受了只能寫作的我。就是在夏天的尾聲了罷，「我選擇了少有人跡的那條路」，能回顧直直向上，這沿途的光明，那人會的一定不只寫作。

後來我常想，既然學會了終於不只寫作，他的人生，這就多了好多好多。

論康德，以及生物學的崇高

整整三十桌已坐滿了，這時十二點。龍鳳廳裡除了服務生，直到三點，都是一家人，這是數學的崇高；龍鳳廳裡除了服務生，直到三點，一家人可以問你幾時畢業，哪兒工作，多少月年薪，當兵結婚生了沒，這是力學的崇高。小時不懂事，你竟照實回答，事後被某一位家人帶去神壇，燒香也不知她問了什麼，總之你乖乖一擲，筊落地裂成三瓣。

在這兒，你不是孤獨的主體，你是被加總的親戚的總體。你直接來自父母，因而間接來自祖父母，與二林某奶媽的奶頭；正如你側耳幾十年前，三舅跟鄰家養雞的女兒打炮，從媽媽嘴裡，你也嘗到了事後的十幾副雞佛。是以每遭遇一個親戚，你就感到手腳透明一點，意識混濁一點，這一刻好冷，簡直你媽還沒被你爸射在裡面。親戚就是塊莖，因為拖著你吃土，他們打通全地球，這是範疇當機的moment，有一款先驗綜合讓你看到的。但範疇當機，生物學的崇高不告訴你應該實踐，只柔聲勸說免免，像你姨婆平心靜氣萎縮成這樣小，卻能用下巴指揮，「啊馬力咧～」，那個紅底小白點洋裝的菲傭。

堂叔把整隻紅蟳夾給你，你心懷感激。直到三點，你的嘴都在探索這些蛋白質的源頭：那是心中的道德律，頭頂的星空，和褲襠裡普魯士臘腸的宇宙。

素描一

長巷完美而安靜，每三兩台轎車，便有一盞高高的銀燈眷顧，當著徐徐搖曳葛藤的晚風。而他們的散步，像運送著星辰銠損毀的機芯，終於一點一點挪進了暗裡。黑暗是陳舊的，難以想像這兒還有舊人家的朱漆門，踏有麒麟，一戶又一戶，像一家人和和氣氣的，整齊蹲好，手指著銀河。但銀河確實不遠，數光年之後，他們就會抵達那個星際港口一樣的捷運建築。但他們散步是慢慢的，很晚了，仍有海潮與蘆葦的香氣，長手長腳有好看的花裙，聽年輕的女孩抱怨若是認真，他往往發現她們並不認真。他挽著她避開偶爾的車行，那時強光湧來，在一面塵染的後照鏡，竟然自己仍笑得好認真、好相信。深深的夜。虛構的夜。

當要分別，那時她站在上升的電扶梯，他站在廣場，像都要揮揮手。他能想像，接下來，車廂光影怎麼流逝在她的臉，一幅又一幅，像底片一樣將他擺在更遠、更安穩的位置，在那麼多交遊與談話之間。那時他也回到住處了，把手中的啤酒罐頭壓扁，把她與沖沖買來的，擺得更遠、更安穩，像機芯還沒損壞的那時。

那時，她才剛提議買酒喝，長巷盡頭，竟然就亮起了一家7-11。她卻寧願在店門邊等著，揉揉腰，紮好馬尾，像個大一的孩子。趁著結帳空檔，他瞄了瞄手腕的星辰錶。是零時過兩分。

已經是新的一天了。

素描三

升高三的夏天，他才第一次參加演唱會，就和她一起。那時中央公園還施工，廣闊的雷雨泥塘裡，歌迷站上了淤淺的石砌，就像些史前的船家，指指點點一澇夏的水面有塑膠雨衣徐徐鼓脹、大蜻蜓榕蔭盤旋，瀰漫彷彿斑斕的瘧疾。那時，她淡漠的右肩全被打濕了，挾著一柄亂收的摺傘，像還逗留在烏雲的房間，那個夏天她常常表情空白，儘管比錯覺短暫——轉頭她又笑了，不專心地笑，怪他：「不借我CD先聽聽，我不High啦！」

散場是深夜了，大馬路中央停著末班巴士，和幾百位狼狽的歌迷。中場又是大雨，終於他望著巴士汽窗裡她的濕髮，努力想記起一些快樂的事情，比如吉他手浪漫的求婚、安可曲反覆的合唱，應該有才對。但他終於記起，當巴士發動，原來演唱會是這麼粗糙啊。華麗的舞台全部泡湯，收音斷斷續續，歌聲滅沒在雷聲，捲起石礫與沙塵。還有停電。還有暴動。凡一位歌迷該好奇興趣的，令他登上看台區，那華麗的天體正被拆除，變回金屬支架，而泥濘的電纜左近，亂堆的聚光燈。什麼人會來演唱會？什麼人不像她？她氣息像火光幽幽，惔心她還在挑選，她姿態像蕨葉黑暗、精緻而且潮濕。

增生著寂寞的姿態。睡前他接到電話，那裡頭改裝機車正呼嘯，刺耳全不能對話。他連問好幾次，才低低聽見：「……到了。」

是她。她也回到黑暗的房間了。

盈盈草木疏

窗下你端詳屋簷的輪廓，帶有喜鵲與蝙蝠，通往黃昏陽台，看不清楚的，儘管那兒有人正搬挪座席，複誦著單音節卻陌生，怕不是古英文的字，當草坪有巨樹的長影，都從陽台上來——這就是植物學課堂了吧？像詩經研究所的上層建築。你明白了，便又提起硃筆，句讀正義，住在雙行夾註許多年，突然斷開，他們有些恍惚。

蕨，毛傳說「鱉也」，是烏龜？所以鄭箋說的蕨是烏龜菜？又看孔疏解釋烏龜菜，叮嚀好好採摘罷，新娘子想嫁給你，已在途中了呢。諧音字，引譬連類的愛情，無怪這樣寂寞，這樣認真，彷彿好聽的皮鞋跟響著，樓上有伴郎漸溫的雞尾酒啜著，不紊的爭辯，已寫進誓辭本文：您愛我，您願意愛我，像愛著我的淵博的一部分。你明白的，等巨樹之根破穿屋梁，木本增殖黑暗，誰轉動手上的戒指？……

是新娘。新娘來了。

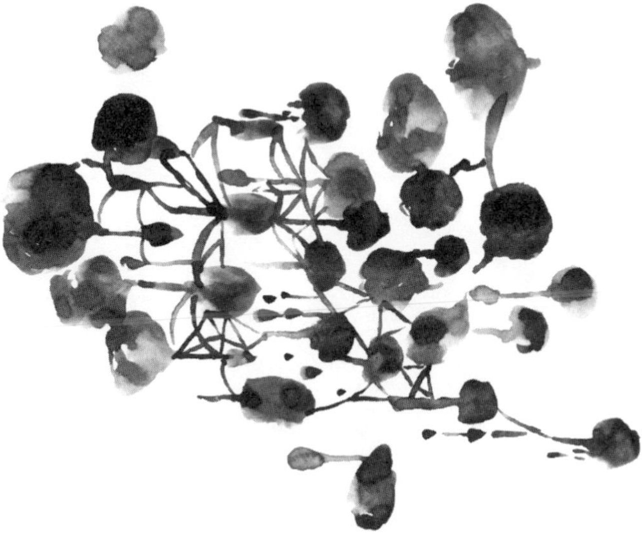

沉默令妳不安
卻受每一本書信賴
為什麼？
油墨凝固在紙的傷口
那並非耳朵。讀還是不讀
本擁有花語的這株植物
卻為了誰的祕密……？
他是不猜想妳聆聽
這祕密，將成為金還是鐵？
當巨樹長成
這果實，又為了哪一本書？

閱讀B

輯二 茜草滿盈館

幼稚園的路上

校車破舊的座位，對年幼的他實在太大，若前後座有誰要拋棄他，注定是難以察覺了。S家商附屬幼稚園的蒙特梭利班收費昂貴，以幼童教育而聞名，但最先拿來教育他的，竟是憑恐懼——獨自搭校車——比誰都鮮明：他按著發涼的椅墊，陽光在搖撼這移動的空房間，隨處留下了透明的險湍與渦流，低聲訕笑。後來當他長大，想起而不無怨懟：隨車美麗的大姐姐，原來是幼保科的學生啊，幹麼不柔聲勸慰他呢？他對當時的自己說：「因為她才十幾歲，也徬徨，也自卑。」

那是一九八七年底吧，他剛滿四歲，有長袖的印象。幾站之後，等身旁漸漸有同學，打鬧了起來，當車上團康，男孩子卻無不厭煩地望向窗外，幾分逞強的表情，這他全不能理解——他總得找伴吧，怯懦令他乖順，令他裝著不在乎。他開口邀女孩子，卻都有美麗的伴了，用童音的國語炫耀的。難道有什麼祕密，儘管瑣碎，卻讓平庸的她們美麗嗎？她們一定很平庸，連同才對他微笑的大姐姐。他一邊分析自己的處境，心理必然是孤獨，別人呢？可別人怎麼看他？

校車行經一畦廢田。那時的他還以為從來便是如此：電線桿貼滿了俗豔的傳單，幾個赤膊的歐吉桑猛揮手，像爭執著，卻那樣模糊：用的卻就是台語了吧？他聽不清，但確實見到田隴那一排旗幟了。飄著一共六支，有其東倒西歪的孤獨。是昨天上學還不曾有的，綠角落，台灣畫在白十字的中央。他轉頭問大姐姐那是什麼，她嚀嚅著，

蕨葉能分辨永生

這些花的拉丁學名曾用來寫作神學，
永生就是一種死亡。

繼以破碎的幾個詞，便落入長長的沉默。後來當他長大，想起而不無諒解：「因為這已幾十年，無怪她天真，她純潔。」但正是從那時開始的吧？鐵皮屋的濃影悄悄挪進了簷下，慢慢照見堂上的神龕。有些祕密浮動，一點一點正變回流言。

我的志願

幼稚園繽紛的球池邊，我們天鵝班都拿著一張白紙，聽老師說話。落地窗讓強烈的日光曬進來，全幅陰影，留置老師臉上。但我不在乎老師的臉如何，她願意抱抱我就好了。我比較熟悉老師的手，在她懷裡，原來身體是這麼奇妙的東西。昏暗的心搏。微微的血的腥甜。胳臂像兩條藤蔓一樣組成的東西。當老師抱我，她隔絕一整個世界，再為我悄悄接上，遙遠、安穩，像太古之海，以至於當一瞬間被抱出球池，我以為會回去的。我們坐好堅固的大椅子上，長久以後，才悄悄停息了的笑語聲，像鮮豔的塑膠球掉落，一個接著一個，終於是寂靜。寂靜是當老師闔起手掌，就已經準備好的。終於她吩咐我們，要畫出未來的志願。

什麼讓我是我？

什麼讓我們成為不一樣的人？

長久以後，等我握緊蠟筆，才響起粗啞的蟬聲……

母親的志願

傍晚當婦人買菜回家，總要經過長長的鐵道。這兩條鐵軌，貧困的金屬在身後是越來越細，夕陽鏽紅鏽紅，終於什麼也不帶走。但鐵軌一開始微微震動，她就曉得火車要來。火車真的來了，一大塊黑鐵是火車頭，然後一節節敲打著嘶吼著開過去是車廂，每天都載走這麼多她不認識的人，火車一定很有力量；她想，難怪鐵道開了這麼多芒草花，她們多麼弱小，幾秒鐘也好，她們一定也想變得強壯。看小花穗們在令人頭疼的音樂裡蕩呀蕩的，她心裡很滿足。

婦人到家了，書箱隔出來的走道盡頭，是晚霞的窗，那兒是廚房。晚餐煮咖哩，她要削那些馬鈴薯和紅蘿蔔。趁水還沒滾，她把新買的報紙副刊放到兒子身邊。讓他睡吧，她想，昨晚又熬夜寫稿了。晚餐的咖哩沒有肉，但她喜歡兒子的文字，兒子一定也很有力量。

茜草滿盈館

那時你好像感冒、倒嗓，常去櫃台裝熱水。這家咖啡館的服務也好，隨你們久待，開著筆電趕論文。實則趕論文的只剩下你，她早放棄了，在看盜版下載的《偵探伽俐略》，眨著大眼睛。直到晚天漸漸有彩霞航行了，你為她端續杯的咖啡回來，窗邊的小公主正托著下巴，為福山雅治笑得很專心。但總有一天的，你想，你也穿上了實驗袍，拿「愛情不過是荷爾蒙」來挑釁，卻以她命名新發現的小行星。

你偷偷喜歡她。她還沒喜歡你，倒很願意與你出來，自己納悶，卻要你問店員：「你們種的茜草呢？」當然，這兒連一株盆栽也沒有，就像她請你吃過老婆餅，卻並不是你老婆。她是嘰哩呱啦問你辯證法的人，她是常常白你一眼的小女生。在木地板、舊沙發和一張張白桌子之間，花語是「純潔的愛」的這些茜草其實存在，她們比你還要羞怯，她們和你一樣認真。

註　「茜草滿盈館」在新店木柵交界，今已關閉。

一顆蘋果

打開妳裝的蘋果，清香、嫩黃、稜稜角角一共五瓣。不削掉紅豔的果皮，當妳捧著它彎進小巷、經過深夜長滿樹的公園，我說，有幾個鄰居不覺得妳捧著一顆心呢？總不是樹上摘的吧？那時我們上樓，「屋裡沒拖鞋」、「屋裡有鞋櫃」，妳浸鹽水，而我檢查浴室的燈泡明明暗暗，說了不少話，總以為妳懂。紗窗外的樹影是懂了，輕輕晃著、新掩著熠熠的路燈。但天黑時分，這小包我仍只是捧著、下了樓，機車發動，說「我明白這是什麼」，紗窗裡的妳其實懂的。

妳要再削一顆蘋果了。

它們已切開，擺在錫箔紙上。終於，我嗅出了舊提包的氣味，有護手霜、新的皮衣，有水果刀的鐵，我嗅出妳的氣味。是愛情。我一無所懼。

一塊蛋糕

告白被拒絕了以後，女孩子怕他傷心，給他一塊蛋糕。他擱在置物箱裡，搖搖晃晃，陪他騎機車回來，好像還載著人家。哪有切蛋糕安慰人的嘛！她的拒絕也是，簡直是即席回答，全不費考慮似的。這也難怪，他告白的時候，女孩子才剛剛下班，九點半了，還沒吃晚飯呢。身後的小吃攤在剁剁切切，咕嚕咕嚕滾著水，他簡直想請她吃碗乾麵、吃飽了再想想——搞不好也不該送Godiva巧克力的，都一起吃過了這麼多碗麵，這要怎麼追？一起進錄音室，一起回南方辦營隊，他愛生氣，她愛哭，他讀海德格，她看哈利波特，深夜的電話、長長的信，認識十年了，他們早已不是學長學妹。折騰著折騰著，他終於發現自己也餓了，就把錫箔紙包的蛋糕拿出來。

是芋泥口味的，他咬了一口，好吃，好好吃。

聯合報副刊

這些年，頗有些小品文在發表前，被深夜亮白的螢幕排列，發表後，又與無數鉛字相簇擁，埋藏在舊日的副刊。當生活也是這樣一版、再一版地翻過去，匯聚燈光，我從這面的年菜廣告讀出背面嚴峻的政治，隔著一面，再一面，重重迷宮底部，終於抵達我所在的副刊。這喻意何其陰暗，這表達整飭，全然服膺現代詩的紀律，一如深淵，但深淵無有濁水，浮起一吋，再一吋，終於浮漾有光。文體別裁。水面的夏蔭流火，我記得那是妳，無懼文體的諸般限制，純真、好奇，一次次照亮我巉刻的手藝。是以於副刊儘管妳不讀、不懂，此間微型的文學史，妳尚且有生命，我已寫出這些小作品。是的小作品不能超越時間，但小作品開一扇窗，若窗外依然是妳，最遲的光影，我是了無遲疑：

「那些年與妳相處，我很快樂。」

「這些年為妳寫作，我很滿足。」

在我小小塊的聯合報副刊。

聯合報繽紛

到底「副刊」與「繽紛」算什麼關係？據說它們歸同一位文壇大老看管。大老年輕時是留德的社會學博士，回國潦倒，竟一度當起乩童。這樣黑白的人生如何繽紛，大老又如何沒變成老大，本文不擬深究，意只在拈出：薄薄一張紙也能精神分裂，其關係絕不只東坡與三層肉，更遠非插座與插頭。幾年竄斥於副刊之外，我倒是頻頻讀到副刊的俊秀角色翻過一面，九轉黃泉，竟然繽紛就哈啦了起來。就像問事的神壇上空，小神明排隊等附身已經很久了，塵寰一探頭，假扮姑姑嬸嬸的，竟捧著金紙瓜果出出進進，「是自己人吶！」那樣擠過暗著臉的信眾。我才是自己人吧！儘管她們暫且穿Giordano，但那裡居家而歡樂、亂操操，這兒反倒像歌仔戲棚了不是嗎？生日那天，哀哉我若有所悟——才到實戰部隊的，副刊就補上一封退稿，可能大老不忍心，沉吟竟道：「不然我幫你轉投繽紛嘛！」那樣掀開灶腳的門簾，有扒飯的姑姑嬸嬸忙站起來招呼。

一個說：「那些年辦我的報，我很快樂。」

一個說：「這些年退你的稿，我很滿足。」

果然我已進了隔壁棚。

一月一日

凌晨的最最開端，是一個深夜。每年今夜，我建立新的資料夾，等它不再增添，今年就成為了去年。資料夾裝的是字。早幾年，每晚沿河堤散步，街燈的黃暈捎來雨的寒涼，攏在新織的圍巾裡，像是有一個大人，讓每一夜，都像小小的跨年夜，只要我肯寫。儘管不要幾年，這就變成了我所不肯再寫，年少的我該也還是逞強，不曾好好道別，那就好好修改吧，修改是有經驗，視覺、觸覺，拆開長圍巾，走回河堤，重現從泥塘裡浮升，回到葉背，是總有那麼一滴露水。然後漸漸我讀比寫得多，沉默比開口多，漸漸我聽見了銀或者鐵的音樂，一句句組接一起，六易其稿、舊題新作，卻刊在明年——漸漸我分不清了時間，漸漸我習慣了慢跑——同樣它起點即終點、方向任意，總也一圈接著一圈。晴夜的星星並不為我挪移，而陰雨初停當我重返跑道，水窪們也只倒映我自己。寫作與慢跑總讓我感覺，我是生活的字母與器官，身後有溫柔但沉著的手掌（我猜它懂得神學），推進我朝著最最無光之地。

正當第十或第十一圈吧，升旗台多了好幾張雀躍的小臉，迎向夜空即將煙火的那一側。只一瞥，我認出是一群學妹。

維他命B

當她們昏睡醒來，還是夏天，但六點三十五了。四十分，晚會就要開始，營火卻還沒有動靜。因這對掌火的「祝融巫女」還是好累好累，還是動彈不得。當晚霞神聖而孤獨，手腳有整齊的窗格光影，細看卻是白 T-Shirt 黃黃的，花洋裝破破的（是誰告訴她，辦營隊可以穿洋裝的？），和兩具花瓣一樣，卻機油、黑煙不斷的少女軀體。夏令營第七天，差不多也該拋錨了，但她們拋錨，一點也不值得同情；瞧這一地漫畫書吧，豈不就是正經事的殺手、抱佛腳的同盟！雖說空無所有的腦袋如今還灌了鉛，全身都陷進木地板，美少女仍是天生的戰士，仍掙扎著想爬起來——

這是少女A子由衷的呼喊：「這殘破的肉體明明是這樣殘破了為什麼啊我還聽見同伴的呼喊啊啊給我站起來啊啊啊！」

雖有些搶戲，這也是B子由衷的呼喊：「接住我的思念帶著它我們一起飛向未來吧！」

這是說，分享媽媽給的維他命B，是一件大事。

但分享同一具身體的兩顆心，與包藏著大禍、只好讓一對維他命B來融化，「只好一齊傻笑啦哈哈～」的兩個胃，一時只覺得好幸福、好幸福。

女中

從教務處的洗手台，淑女眺望收發室門外，有卡其的制服來自工專。宿營結束都多久了，男孩子才來，扶著腳踏車打公共電話，沒多久，有女孩從玄關跑出去，是校刊還廣播社的學妹，淑女記不清楚，總之去年得全縣的作文冠軍，像被她採訪過。暑假過完，淑女就可以上師院，而就在上星期，她的新詩被登在小鎮的副刊。——一張稿紙怎麼變成一欄鉛字？黃昏的布告欄，或許吧，這就是離家的滋味。

依稀是愛笑的女孩罷，但拎著飲料轉身，望見學姊只訥訥點頭。扶著腳踏車也會有個讀鄭愁予的男孩罷，若自己也去宿營，但淑女是要去台北的，下次回女中，就是回布告欄上了，值得一枚彩色圖釘。淑女見過的：布告欄整面的剪報簌簌掀動，當颱風就要登陸，暖風彷彿帶著電的翅膀……學妹從布告欄晃過去了。淑女再擰乾抹布。數到十。一滴水滲出脹紅的指隙。

是了，這才是離家的滋味。

師生

最困頓的那幾年，他養成了辛勤寫作的習慣，終至以繕改來完成自己。這不足為奇：正因委諸詩藝，詩才轉譯了現實的壓迫，成為美的紀律同時，又令美服膺文體的紀律、一現實，以抵抗壓迫他的現實。那麼，儘管美的技術遠非一切，但精密、簡練的確是技術之美，特別當技術質問了技術，終至兩相傾毀的分秒，他總目睹壁龕深處那求真卻未必渴善，一獸首的異教神。異教神轄有陰暗的木走廊，菸味、鼓與電吉他聲，他走將出去，邊納悶像那樣扯著喉嚨唱，「搖滾」，能抵抗什麼呢？他也那樣唱過的，直直走進陽光，會不會就是了無抵抗，但一顆心霜結、張望著這樣寧靜，磚牆許多機車、樹影、一攤販雞排與奶茶……巷口，他那位歌唱老師正輕聲講著手機，耳聞老師如今失業，他並不上前問好。多少年了，仰望南方鮮豔粗野的花、最明亮的雲終至受黥面，這兩座神的廢墟——這兩個人，多少年了，總還像師生一樣。

——記二〇〇年五月，打狗。

寬與深

每年我照指考的題目作文，總是淡淡的喜悅隨著遺憾。再讀，這些字若還是精精神神，就覺得大概是喜悅，不會錯了。每年總是如此，回憶的折返跑，一開始就沒有終點的，一開始，就只有大幅的時間，走廊邊掉著、掉著，多有橡膠樹的大葉子，笨拙、竟毫不悲哀的聲音，那時我探頭，窄小的桌椅鄰窗，像多了一點點餘裕，我抓起筆往下寫，往下寫……

窄小的桌椅、悶熱的教室，那幾年寫作是只要誰還穿著制服，就免不了一份的手工業。選好了成語句串在自己的話後頭，然後一行行排整齊了，手就有點痠，像剛剛家事完的感覺。那幾年，寫作還是我們的事的那幾年，我確實想著怎樣才能尖新。我應該喜歡說服的力量，也想要美，還有敏銳的感受性。這樣，黑板大大的粉筆字「起、承、轉、合」還要不要緊？那幾年，我還不知道大學中文系並不教寫作，與做一個不親身寫作的國文教師，絕不可以是我的志願的那幾年，我曾真真篤定，要放棄每一個志願，去成全一個寫作的志願。握著筆當一場模擬考，廣告系、企管系、新聞系、民族系，沙沙，沙沙沙沙，我們都操作著大學夢想的印刷機。

這幾年，終於寫作成為我一個人的事，而我成為一位寫作教師，常有大一的同學，捧新寫的作文來與我聊天。不論抒情或議論，往往那並不富於表達，卻總有些靦腆、有些執著，和更多我不忍刪改的原因：這就是我的志願吧？我的寫作曾牽起無數同學的手，如今，竟只剩我深深的愛，安置它在這辛勤拓寬了的世界之中——這兒就是走廊的盡頭了吧？當年那些印刷機，如今安安靜靜的。

它們在同一個房間。

戰備道上

黎明之前，黑暗的雨持續落下，彷彿冰晶破碎，迸濺在我的步槍。它們漫長的旅程，絲毫不能畫傷這槍身，這我明白，這槍我日日保養，它的被造，單單只為了傷人。凶器總是這樣，想像力對它從沒有用。從軍日久，身為裝甲領導士，我能操作機槍，機槍比步槍兇狠，當我指揮了裝甲車，載運許多凶器，去摧毀儘管不屬於我，那誰的一生，我是願意無知的：因我的內在曾顫慄，任憑重壓凌駕了美，而寂靜生產裂痕。原來很久以前很久，還沒從軍，我就已經備戰，為了正視這一刻，大霧裡熾白的車頭燈，我忍著不流淚：開出來總有塊黑森的鑄鐵，裹著黑煙，又轟隆轟隆深埋進黑夜。但一如過去，我仍舊全盲，不管那是什麼出動、駕駛被什麼兵科，無有勝敗，耿耿於懷，為什麼備戰呢？

為了不屬於誰，為了摧毀一切，乃著手摧毀自己的一生。

極限

醫官說，我的根管治療結束了。

那是禁假留營的上午，等我抬起頭，我的連同其他幾十具身體已包在草綠內衣、短褲和白布鞋裡。「一下二上」的伏地挺身是這樣做的：聽到「一」貼近地面，不到「二」不能起身。值星官若是老練，「二」就很短，讓「一」好長好長。有些兵偷偷把雙手胸前墊著，趴好，撐再久也不手痠。但有些兵老實，表情就變了。那並不咬牙切齒，只是淡漠——麻木是可以練習的。後一種兵往往認真，莒光作文總依照《忠誠報》的話，入伍幾個月來，我明白因為僅存的什麼，我們已成了同一種人。不是朋友，卻是同一種人。然後值星官喊「二二」。

我抬起頭。十二月了、黃昏，大王椰子偶爾拋下殘骸的大葉，那時營區正播起流行歌，換裝該運動了，雖有些恍惚：當脫下迷彩服，那一度熟悉的生活被涼風切剖，又成為什麼呢？寧願就我認定，這來自我的刀鋒？像那位醫官，「牙根都壞了」，才說完，動手便戳挖神經。戳穿了，好挖出來。挖出來纏緊了，好更戳穿。軍醫得確認治療終結——讓終結的生，留下精細的琺瑯質小孔，在深心，我入伍已一百三十三天，分手已八十三天之久。

然後值星官喊「一一」，妳看，我的極限不在這裡。

從梵林墩回來的人

梵林墩人不飼賊兮兮的貓，而梵林墩的狗都壯如小馬，守在果實鮮豔的林徑，領訪客來到一棟棟整齊的白房子。梵林墩是阿皮的家，整夜整夜，阿皮爹開著小發財在山裡繞，大夥兒坐車後的貨架彈吉他，阿皮爹也跟著哼，還教大家——什麼「山頭風吹，沙沙沙是夜嵐，嗚嗚嗚的就是鬼」；和什麼棗子皮嫩而芭樂粗、棗子個兒小而芭樂大，足見「芭樂就是棗子長大」等等的五四三。大夥兒只十五歲，聽得一愣一愣，回來卻都吼著告訴我：「梵林墩好好玩啊啊啊！」這幾位大學就去世、幾位成了分手的戀人，的朋友。但當時我也十五歲，聽得也一愣一愣。

初來梵林墩，我已經二十五歲，來參加阿皮爹的喪禮。林莽極濃密，但無瓜果，沒有狗，草叢倒有古早關瘋人的大鐵籠（和便當盒）。走回火車月台，日頭赤炎炎，「倘若阿皮爹陪著我……？」旋即明白，我已成了從梵林墩回來的人。

未來的城市

你剛走回來你清晨的夢。

那城市也正當清晨，掀開飯鍋，家家戶戶的蒸汽在整條街上飄著，婦女們手挽柴薪，富有的就牽一頭驢子，但誰也沒邀你進屋。有一戶開著門，內側乾冷、整飭，是喪家，但因為在未來的城市，也就沒有悲傷；金亮的日輪從鑄鐵大鐘樓照亮全城，描繪出塵土的細貌，而居民的輪廓舉止，都像些黑剪影，安安靜靜的，非常肅穆的日常生活。夢中你好像很介意當個外邦人，才這麼想，手裡就多了根畸形的樹枝，——就用來敲打鑄鐵小鐘吧，那似乎被用來存放惡意，家家屋簷都懸著一個。

踩著青磚路，一家家，一戶戶地敲著，敲著，窗裡探頭的老幼仍是微笑，直到你走回了該醒來的地方。

異化勞動

搞文學有多驚心動魄，拍成紀錄片也就有多無聊，這是女詩人辛波斯卡老早就說過的。創作一久，當親友們慢慢知情，我卻仍遲遲不敢吐實。我總配合說些靈感的天線的胡話、楓紅、波希米亞；或故意驚嚇他們，以致有可愛的學妹滿心破滅，來找我求證：「學長，你寫詩的時候真會放A片嗎？」倒有幾樣並不假：我的肝再怎麼俊秀，寫作到半夜它還是會爆；當詩人再怎麼瀟灑，為詩全神貫注，我也還是會淪為阿宅。我朋友湯姆在受訓開民航機，被我拿正妹空姐揶揄，他才說起這幾天正在忍受無重力訓練，給掛在大鐵環上，「耶穌上十字架，我還要再轉個幾十圈！」

每個人在每處大堡礁，那麼，該都有份不起眼的工作。當然那是越無聊，才越是惹來了想像。我卻寧願相信，那種種想像我們是寧願當作讚美，我們死心塌地，所以它值得。

喂！來首爆肝的詩吧，在這美麗的夜。

淡水哈士奇

這戶人家也太想製造驚喜。闃然又轟然是凌晨的海，攜手走回岸邊，房子的前院卻有群哈士奇。他們俊美，且不失苛薄：「熬夜看海，人類好有深度喔，ㄏㄏ」，摧毀了海的撫慰同其憂傷。

門前我們忍不住湊近了看，大概是夏天，三、四、五、六隻是一個個大字，透涼的地磚上趴睡。另幾隻卻湊過來，嗅嗅聞聞，臭烘烘、毛絨絨：誒，這是愛幻想的人類兩枚，正癡癡發夢他們北歐的別墅，雪橇，然後就可以養我們。

是，我們就是在妄想。這兒是夢的國境，黑白分明的這些狼走動著，是些稚嫩的神話星星，當這兩枚傻人類彼此提醒：
「牠們是臭狗啦！」
「對，臭狗而已！」

完成

最寂寞的工藝
在黃昏時刻
工作檯橘紅的一截吹風，
彷彿帶有光靜止，
聽，朝著更黑暗流動……
這就實現了完全燃燒罷
為了灰燼？為了熔解
讓　神復歸圓滿

而虛空？　神是名吹玻璃工
火焰的巨樹底蹲坐
提煉心如淚墜，為自我
均衡乃終成球體
最奧祕的眼睛。

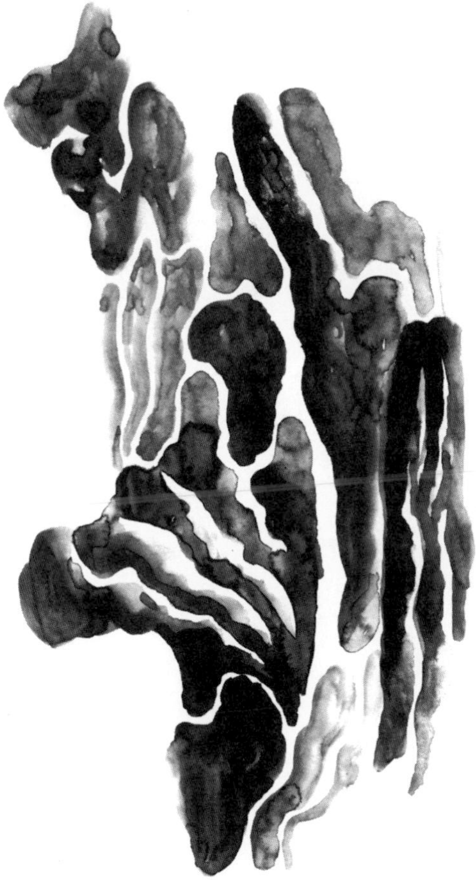

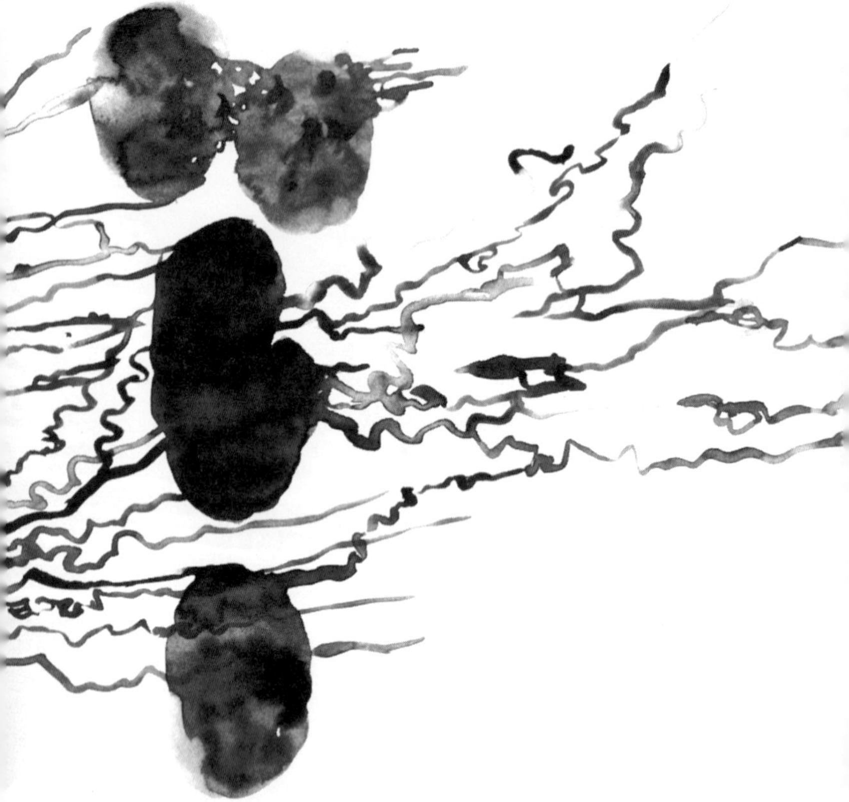

下一首詩

織錦之背
黯淡，又分歧的線頭
經歷了這麼多美
是攸關尾隨一意志的金屬
攸關贅餘而非解體
我無話可說。

在逆光一幅織錦
黑暗是蓄意
翻拓出臉自聾啞的神
……也難知當寂寞
這麼多傷要退化為口？為耳？
「要原諒你自己……」

我無話可說。

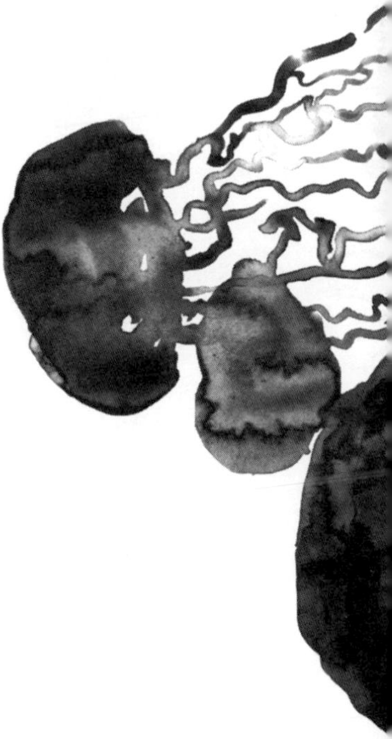

輯三

微型恐怖攻擊

想飛

黃昏了，陽台還有些暖。而你們並肩站著，這五分鐘，卻什麼也沒談。除了對空有鴿群盤旋，保留了你們遠遠近近的目光。

九月，南國仍是酷暑，熱得沒辦法午睡，同學們只得翻翻課本；捱到傍晚，教室也就空了，整棟樓剩不到十個人。是他們陪你複習過這一回的，但學測之前，他們能再陪幾回？或就像林梢沉澱出圓暉，那樣走進了操場遠遠的嘩笑，像久曝的色澤？再一年，你們都會上台大吧，繼續家人的生活，你這麼倔強盼望，一邊憑不服輸的快樂，回味那幾題粗心的扣分。是的，當信念與想像尚不可分，而舉止依然青澀，越彆扭，完美的自我越值得沉湎壁畫，自生自成、全然幽祕的時光。

你身旁的她其實生性直爽，這會兒不吭聲，是不是心煩？——那麼，她不開口，就是不想提囉？但不知怎麼，你就是欣賞那表情：微皺著眉，眼神卻放空了，迎接她側臉紅通通的晚霞。這麼多年，讓你仍清晰回想：她的及肩黑髮，垂落白襯衫久熨的褶痕；陽台溫熱平貼著她的手，她的倔強；耳廓播放的晚風，終於也搖曳著入秋，仍窸窣生長的苗圃嫩葉了，翅翼有了弧度。——悄悄畫亮葉尖，隱密優雅，全然付諸虛構，你曉得那就是出發。

微型恐怖攻擊

傾聽是禮貌，咖啡館窗邊坐下，微笑也是禮貌。同桌的女孩會告訴你很多故事。這麼多年了，你能分析她們的小動作：說「Latte」而非「拿鐵」總透露好教養。點整個派而非蛋糕是為了分享，待會兒將要久聊。花俏的女孩又離座講手機去了，你聞聞她的咖啡，果然，是虛榮的肉桂。愛鑽牛角尖的，儘管銀湯匙沒纏茶包的棉繩，她輕輕攪拌，杯水也產生迷宮。這都是展示，她是這樣不然那樣的人，各自展示猙獰的美，你得作她的鏡子，像雷雨、像烏雲底部的水窪，伸出最緩的天線，讓她成為她想成為的她。

傾聽是禮貌，微笑是禮貌，她就坐在你對面。她想說什麼呢？她的提袋有一側淋濕了，卻轉過一面放著。她坐定不喝水，倒緊盯著menu。她的咖啡送上來了，輕碰木桌，是恍惚的金屬聲。她現在瞧著你，神色好像更坦白了語調好像更淡，喔，她在說她還是好愛好愛你呢，待會兒她就會先拿手指揩眼淚，接著是手背，然後才是手掌，她的臉會被建設為廢墟但是還沒。她還沒說完呢，你且禮貌地聽下去。禮貌是距離，更外，且讓她承受她自己微型恐怖攻擊。

遣唐

電車在遙遠的農場停了，又開。這裡的陽光透過紙袋，把洋芋跟蘿蔔的輪廓描畫，老兵提的是一隻火腿，婦人原來想橄欖丁的披薩，晴天的車廂彷彿桌巾颺起，印象派的大宴，年輕的學問僧眼底分明，淨土實相只在微縮經卷，兩條街外的三樓磚房，他不動心，平靜只構思一鍋咖哩煮滾，要契悟阿難又一日的正法。

這學期，目犍蓮會拿第二個M.A.，迦葉正攻M.Phil.，參加過傳柯研討會的是提婆達多吧，臉書不大更新，在軍官班他能快樂嗎？又何必斷定了合該沉埋，才是最最有天分的？正如鍋底有根莖燉著，廚房裡，讓鍋蓋是鬱鬱掀著，學問僧心底分明，自己抵達了長安只憑藉因緣，絕非正法。

屋後在高壓電塔，電車一時停著。

這是又一日的黃昏。

黎明在大肚山是寂靜，晨曦正融解一封封電報的油墨為硝石，為泥濘，沿意志與虛無的補給線，輸運工作台的無數磨損，一處，又一處，封存在一軍裝的湖北人胸中。他纔睡著。四十歲起，睡夢他一觸碰哲學的銀，就破碎，嘈嘈落下黨衛軍的鐵，恍惚醒來，指尖又沾上了虛有的煙煤。為確認夢醒了沒，他常翻讀《論語》，多奇怪的本子，裡頭一段段話不出自顏淵，便出自子路。

黎明在指南山有同一份寂靜，許多件電報解封，當銀質的晨曦已燒透紙面，緣缺孔有些油墨匯聚，然後古篆的鳥蟲孵化，自一軍裝的台灣人指尖。他纔睡著，要醒來，纔確知胸中是寂寥，既然實存的軍武已一件件剜空。——未實現的歷史已安裝在歷史，必擊破單一的歷史。以產製死者的黨為樞紐，何其漫長的六十年啊，一代，又一代，想逼視梅花的鐵芯？於是他擱筆。

為了銀質而成鐵，以破壞鐵；

為了保衛舞者，是的，他剝除全部的舞衣。

62839

有一段時間，約莫五年，我常撥打校內分機62839。話筒對面，62839吩咐我辦營隊、做講演，也常常垂詢我們的關係，要寫在月底的工作報告裡。實則不論我發表什麼作品、存簿領出多少錢，甚至借了哪些原文與漫畫書，之後，有來電門號不明，每一次，總來自看顧我的62839。統領一切的號碼，62839，深淵的實體，坎陷而為極權主義，去壞牆之盡，開展夏蔭的濃綠透光，去向了朗澈的高空、更高處，是的，總憑藉絕對黑暗，萬物才設置一起——那麼，去凌駕一切實踐吧，62839叮嚀我，「就去到實踐理性裡登基」。

畢業那日，我第一次撥打其他分機，62120出納組，63279註冊組，邊眺望辦公大樓的混凝土窗格。那就是對面的話筒了，原來，被日常的手拿起，寂寥我望見了一個個憂慮在對面話筒，放下只等那一個解答，若能不遣返一座陰冷的研究室……？然後我撥給了分機62839，才輕輕開始哭。

房間

坦克是無敵的。坦克決定了去向，就有了路，回顧它闢出這一路廢墟，前進得沉著又恍惚，我總設想裡頭是端坐一英格蘭仕女，小瓷盤堆起高高的方糖，又望望繡帷的氣窗，微笑了，她明白自己身處印度。

印度是慢慢的，可是坦克更慢。坦克的去向因此不由自己，而由印度。坦克彷彿，擱淺，靜止，終至泥淖拖曳著向前——被黏稠的熱帶時空。婆羅門在寺裡熟背了《中論》，走出寶塔，那坦克仍在榕蔭下，泥淖中，與幼年出家那時一般位置，一般神情，絕看不出垃圾袋或曬衣竿，坦克仍是件技術物，只有自己老了。

坦克所以存在，是拒絕印度存在。但印度之為精神的王國，吊詭地膜拜起了坦克，竟帶給仕女最大的幸福，既然失去不管什麼，只確認了她能失去的尚且無窮，氣窗形狀的次大陸風土，於是有了印象派的意味。印象派美學是雙重的，廢墟是再現的自然，文明是藺居的困守，當仕女放下來繡帷，審視自我已這麼陰暗，這麼繁複……

「是的，我依然身處印度」。

SQ-876

想航程等速消耗的酒水。想透明塑膠袋，牛油與餐刀。想餐車推走，把手把手的溫度默記。想餐桌收起毛毯鋪開，睏倦的大雲朵淌出淤泥，想煙煤的奧許維茨。想鐵軌。想體內量產的平行線，經緯像條碼，納入即排除的自由。這什麼自由？想睡妳睡，想夢，仍播放邵氏電影：愛這麼馴良，想不被墳塚咀嚼，只想來世的彩翼？想什麼這些渺小的人形昆蟲！想婚配在例外狀態的中立區。想妳的血親勞動，終於坐頂樓西曬的機房，像升入機艙。想妳將勞動，不使黃土擴張，種下橘樹這麼輝煌，妳才感覺落地。橘實落在地，走過想像的樹梢，為了構思自我而想著妳，我是什麼？
妳想想萬物深藏石根。
妳想想深度且均質，這主權的大地。

指南大學城記

我校之創，肇在南京，抗日以入川，剿共而遷台，於今八十有八年矣。黨國鐵衛，共和前鋒固所蘊育，泯猶不滅，化且不遷慨然為一里一鄉柱石者，亦無勝數。曰此華樓美殿之助，果其然邪？誠不然也。精神堡壘記於畏難苟免之所痛切，走廊風雨假道藩季陶之所上求，惺惺耿耿，力行之大德存焉。來者志之乎！

夫明勝敗生殺者，明所以致勝敗生殺者皆力。力本我發，我本道有，力存即道俱，我復何待？以是觀之，則秋山霧隱，春蔭花繁，琴歌月皓，流溯星稀，我校存而不奇。書聲琅琅，軒轅造樂也，武功赫赫，蚩尤陳兵也，我校奇而不貴。指南之麓，景美之濱，率焦孟以相許，范張以相離，我校貴而不重。蓋一校之所至重，百年之所自詡，力發乎至隱，行必遺乎至鉅，如春成服，必詠而歸，舞雩與乎哉？力其與也。

大城厥起，斯文乃作。蓋有力必有學，有學者未必有力，何至微子之臨麥秀，牧之而賦阿房？必有後天下之憂而憂，先天下之樂而樂者。苟欲先憂而後樂，來者志之乎，來者其志之乎！

這是最後一個夏天

I 圖書館

圖書館的外頭或者晴天，或者雨天。晴時，書頁航行有碩大的雲影，像古生物圖鑑。雨時像窗上懸著皓腕，隱隱有字，那樣娟秀而無知。夏日是漫長的，鐵書架之隙有狹長的日光或漣漪，印颱風前夜的列表紙上。我博學是因為圖書館，不是因為讀書，是以我從盪著腳的高椅子頂端下來，我只說我記得，——二〇〇二，閉館播的是錄音帶，磁頭上磨平的〈月光〉；二〇〇五，日光燈的自習室不晝位，為了占位，六人大方桌便堆滿抱枕，閱報座扯下來的報紙，保溫瓶；二〇〇七，機車騎到國關中心的山谷借一本訂書針也鏽的《匪情研究》，慎固樓外暴雨，出門便掩在雨衣；然後是二〇〇八，總圖一樓大改裝，連校狗也換了一批。那時民族系學姐拎剩飯餵狗，卻還不致進館叫囂，搖搖哥還是丁先生，張鼎國其人其書還在百年樓。我曾是一匪夷所思之小大一，弄丟了學生證，惶惶於館員查驗的哨口。

II　政大書院

回顧二〇〇八年，校園變化之大，簡直處處都蓋水岸電梯。四維堂門口升起了炮烙大柱（一度我憂心種籽社員的安危），沿山架好了楓香步道，我去了一處像是剛鑿開、還沒配線的辦公廳大喊，「教練我想教作文！」竟然錄取，一人與一校的氣數相關，這是個例子。○八年，錢是性急地砸下來了，你別唱挨到的歌——我曾在搖滾社辦練團，打掉了，變成創意實驗室。我曾在藝中某餐廳唱卡拉ＯＫ，吃「雞塊飯」淋不知什麼汁像拖把水，打掉了，變成中文寫作中心辦公室。我曾被拖進某個廢墟防災演練，原原本本地缺電，冒臭氣，噴濃煙，結果竟裝潢起來，變成山居學習中心。然後「超政」新生營越辦越大，課程越排越長，目標越訂越遠，員工越聘越多，有時昆翰跟我餓，一人可以叫兩個便當。

我在書院最後一個學生，名叫 Barauh，他問書院怎麼樣？我不清楚。我常只是眺望值班房間的燈亮，一盞，再一盞，在亂蟬的停車場盡頭，竟漸漸記不得了抱負，只確信是沒有遺憾，真的沒有，我一無可說……。

III　游泳池

游泳池在二〇〇六年以前沒加蓋，卻有個觀禮台。戀人們在觀禮台野餐，親吻，俯瞰池水漂著落葉，深綠色，來自漫長的夏天。後來戀人們仍是野餐親吻，卻到了憩賢樓後苑，任由我聖徒一樣地邁進池水，館外虐寒酷熱不是我的，是異邦的愛情。

平靜的水下划著，往來著，隆隆的低響當我換氣，總疑心耳聞了啟示——這樣奮力去到彼岸，卻折返，此岸竟成為起點而非虛無，是基於什麼意義？說是因我而有意義吧，這樣褪去了平日的衣飾，泳鏡卻掩著臉孔，我對誰有意義？是以我常惦著摩西，按考訂，此公按日挪動同胞五百公尺，且整整四十年，夾處嫉邪的　上帝與鼓譟的同鄉會——超乎尋常的目標不容修正，不討好選民卻不能完成，摩西的一生就正在彼岸，把此岸渺小的悲歡給眺望，給承認：我沒有遺憾，因那就是一些人的全部了。

於是打起精神，去辨認一頂一頂的泳帽的顏色。

IV 郵局

又一個夏天，讓車廂抬出來的是紙板，膠帶固定好了的是紙箱。它們方方整整，深不可測，決心了容受萬有既然前此，山坡的雲朵已為它們釋放，儘管將我擁有的早將我捨棄，我所擁有的我也未必封裝，我封裝，只確認一部分的自己不免於質量：古生物的骨骸，窗面淌流的降雨，分機號碼62839，立姿體前屈數回零……六隻箱子所留下，是這樣一個夏天。

這樣一個夏天，別人抬進了車廂是紙板，要盼望搬回來了都是紙箱。我喜歡郵局的戳印，油墨的鋸齒像雲朵勾勒，次要的天體有六，若承接被沉著的雙手，便沒有遺憾，儘管箱中確有什麼仍演化，像火流落溫暖的渠水，凝為熟果，像觀解理性終於坎陷出實踐，秋天降臨以前。

這時夏天依然屬於我。

這是最後一個夏天。

毛哥的酒吧

啜了酒，就哼出爵士樂吧！酒杯的音階高高低低，一播放，那些破損，就悄悄排列出已活過的一百種生活。但生活確實，還有另一百種，轉動鏽台車的把手前進著；毛哥明白，就依然把醇酒加了冰角給你喝。琥珀在銀白中沉澱，像晨曦邊緣的雲的花紋，有理由覺得這兒就是異國的車站了：白蒸汽的火車頭，歐洲仕女的語言是聽不懂的、溫婉的，像是「噢，聽說您的國家有內戰呢」，終於領你來橋邊的「革命之家」小酒吧聽薩克斯風，給你安慰，騙走你全部的錢，儘管只是些印尼盾罷了。酒醒了，你捧著熱茶，還叨叨形容著那鑄鐵站牌，和上頭美麗的花體字呢。實則毛哥早見過她們，你猜，彼此勾結也不無可能，——一家酒店能持續亮著霓虹燈管字，必有些隱情；「陳芳明蒙難於此」、「孫善豪蒙難於此」不就寫在牆上了嗎？你不也幫過忙，讓槍傷的屍體坐好，還給他斟酒嗎？那些深夜，毛哥總是奕奕的，亮著眼睛。

政大社區裡的「革命之家」從清早到黃昏，始終掩在舊河堤下、雜貨店旁，老是一副落拓頹喪的樣子。

一段散失的對話

多年前，旗後砲台正當建造，土夯一角，有對婦人談著，一位年約四十，身子粗壯，著福州衫；另一位應有六十幾，灰髮悉心盤好，別一支釵鳳。辮子的苦力們雖荷著石磚銅鐵，走過都稍稍欠身，因她們是神。

神談話是輕輕地，海面晴朗的亮處，對灰髮老婦彷彿虛有，她睜著像是傷裂的眼瞳：「這兒人人敬重我們，女兒啊，妳還憂慮什麼呢？」另一位沉吟了一會兒，便說：「從天地分判的那日，我們就孕育這島的生命與山嶺。而管理之責一開始由雲豹，後來是黥面者，再後來是平地人，如今來了這些洋炮——」，她望向鑄好的大銅管，十餘名苦力咬著牙，正將它扛上基座。

老婦搖搖頭，半晌，才操起濁重的陌生話，告訴女兒未來八十年的打狗史。那語言像冰霰與緋櫻遞來刀鋒，倒映了遠遠二十一師的裝甲兵。女兒搖搖頭笑了：「所幸總力戰是終結，只剩下暴力……」

這是主後一八七五年。

兩個國王

有始以來，兩個國王就相視為讎，如今相約對談，將領都訝異極了。那日正午，核爆形成的沙漠中央有截枯木，兩個國王坐下便談了起來。衛兵用戈矛在沙上記錄，侍臣們便捧出白絹，將那圖文蓋好保存：我們的國王原來這麼困惑，不靠讎敵不能解決。

至今那談話仍然持續，兩個國王也仍然睿智，對峙的兩軍卻已親近，仗劍的手也鬆了。幾千年談論，讓前此漫長的讎恨變成了無聊，變成那些才風蝕，旋又風成的沙丘，無數的疑難原是同一個，「你是你自己的陌生人……」，幾千年前的黎明露台、國王耳際，這麼一句話悠悠響著。

又過了幾千年，兩個國王已有數不清的名字。他是巴門尼德，他是柏拉圖，是康德，是懷悌海；他是亞里士多德，是阿奎那，是洛克，是亨利詹姆士。因為不了解自己，再睿智的國王，換過了名字，仍是和讎敵坐在沙漠裡。

就像我們，我們仍坐在這沙漠裡。

52路公車

它慢慢來。

高中時它讓鳳中、三信、附中、雄商的少年少女一起著急，始終不增班。

所有神諭都類似：它不為我們而來。

畢業後，我聽說有個學弟被封聖，叫「公車俠」，因他跑著跑著趕不上車，乃決心腳搭上保險桿，手握緊鐵窗欄，掛在車外翩然離去。他的焦急與喜悅，52路公車自覺並不相干。讀讀〈約翰福音〉

吧，「你們要找我，卻找不著；我所在的地方，你們不能到。」
信矣。

註
52路公車自建軍站出發、終點高雄火車站，起點即鳳中旁近，經三民路（三信家商），右轉凱旋路（師大附中），而右接五福路（高雄商業職業學校）。四校學生不乏日日搭乘者。

岡山火車站

這兒是全數神話的窄幅：從月台的塑膠椅，到警戒線的導盲磚。尤其當晴天，熱帶植物的大葉子下，閃爍著「統一麵包」或「森永」的塑膠紙，彷彿奧德修斯就側身旅客之間。讓旅客離開吧，從一座座方形的水泥島嶼，既然不動用道別語，已無法再嚇阻傷害之神（祂已穩穩蹲坐親族的肩上）而道別，將令老掛鐘走下去，即便只一圈，也能令傷害成為一次性的美德；若此外的一切，果真都需索恆久的美德。於是，當誰車窗裡抬頭，目送了車窗外，無數目送了自己的自己，總得再瞧瞧「嚴禁翻越月台」的鏽鐵牌，才覺得安心。

它無生命，卻遏阻猙獰的生命，多好啊，我又能做個無根之人了。

給山王工業

很久很久以前，我就聽過你們了。從很久很久以前，我努力至今，尋求應得的勝負，已明白明年再戰並不算輸，贏也不只贏了今年的獎牌，這我想你們也明白的。既然那獨一無二的什麼，必然得超越勝負，才成為你我的光榮；那麼，無數的比賽，你們贏就像我常輸，都教你我無動於衷，而一絲一毫不動搖你我的光榮。因為單單是強，就很光榮。那麼，儘管你們很強，你們不會贏的……我這麼認為過。

但說也奇怪，最近我倒覺得，原來光榮也可以這樣微小而幸福。腳踏車棚昏暗的雷雨。頂樓水塔的晴暮。只能跑兩圈操場的三井，能跑兩圈半了。現在我怎麼覺得，好像這些才攸關選手生命；而居然這微小的幸福，卻不曾安住你們的強裡頭。原來原來，你們的強讓我、連我都深深屏息，卻不曾讓哪位球迷感動。我是說，假如你們也見過了櫻木，他這個投球，比以前任何一球都高，在空中畫出優美的弧線……。註

或許吧，是以你們雖強，你們沒有贏，沒有贏，既然為了讓你們明白，這就是我們，我們從來就沒有輸。

註　典出《灌籃高手vol.30》井上雄彥繪製，宋惠芸譯：（台北市：大然，1996），頁24-25。

最好的時光

您闔著眼，看見寫作時的我。

我也看著您。我捧著寂寞在胸口惦量，那小小的光，一會兒便召來雨林的飛蟲。牠們是半透明的，節肢鮮豔，懷著劇毒。當牠們窸窣勞作，迎風設置一舊日之網，才提筆，我便能看出它們輪廓的美，是石牆所沒有──那無數的美的空洞。空洞，以與劇毒相處，像胸口藏著雨霾與大霧，願那虛空也保存我之中。您也願意嗎？虛空就是結構，髒汙藤蔓的編織、對岸兵工廠的掩覆，簡直當年我拜師，就因同一份寂寞。您教過我的，雨林地另有生態：將劇毒轉化作自己的勞作，讓全幅記憶化為虛空。然後，讓虛空共鳴隨萬有，闔起藝術史，終於我也能這麼說：正是我們從未完成的，讓我們成為作品。

老師，就讓那最好的時光，終於作品裡替我們生活。

諸作繫年

輯一

篇名	初作	定稿	備註
閱讀A	2012/1/25		
最好的時光	2011/5/21	2011/10/31 二修定稿	
咖啡館布景（及其背面）	2010/7/8		詩成於2007/3/14
夏至、蕨葉與拉丁學名的花	2010/6/10		2012/6/4自由副刊

篇名	初作	定稿	備註
潤餅、柚子與火鍋	2015/10/22		
情人節故事	2009/1/11		2010/1/26自由副刊
哥哥的房間	2011/5/21		2011/9/16聯合報副刊
美麗島礁	2016/6/5	2017/3/31 一修定稿	
恐怖攻擊	2009/7/19		2010/7/26自由副刊
殷海光	2014/3/26	2016/6/16 三修定稿	2014年三月輕痰讀書會街頭副刊
下一個房間	2011/8/26	2015/7/15 二修定稿	
應徵中文寫作輔導員	2013/12/4	2016/6/13 一修定稿	政大書院專刊（台北：政治大學，2014）

篇名	初作	定稿	備註
論康德，以及生物學的崇高	2016/6/8		
素描一	2006/12/11	2011/10/5 一修定稿	《幼獅文藝》2016年十月號
素描三	2006/12/12	2013/5/9 一修定稿	
盈盈草木疏	2017/3/21		

輯二

篇名	初作	定稿	備註
閱讀B	2012/1/25		
幼稚園的路上	2008/10/15	2011/7/17 一修定稿	
我的志願	2010/12/11		2011/1/10自由副刊
母親的志願	2010/10/24		2010/12/7自由副刊
茜草滿盈館	2009/10/3		2009/11/8聯合報副刊
一顆蘋果	2009/12/7		2010/6/16自由副刊
一塊蛋糕	2010/5/31		2010/8/27聯合報副刊
聯合報副刊	2011/1/15		2011/4/3聯合報副刊

篇名	初作	定稿	備註
聯合報繽紛	2011/5/24		
一月一日	2012/1/1		《幼獅文藝》2016年十月號
維他命B	2011/7/9	2012/1/17 一修定稿	
女中			
師生	2011/9/16		
寬與深	2011/10/2	2015/10/6 二修定稿	《幼獅文藝》2013年七月號
戰備道上	2011/3/13	2016/10/21 二修定稿	《幼獅文藝》2011年三月號
極限	2012/4/19	2016/7/27 一修定稿	2012/11/26聯合報副刊

篇名	初作	定稿	備註
從梵林墩回來的人	2010/1/24		2010/4/11聯合報副刊
未來的城市	2009/1/15		
異化勞動	2009/4/30		2009/6/7聯合報副刊
淡水哈士奇	2009/5/2		2009/10/16聯合報副刊
完成	2013/10/23	2017/03/21 一修定稿	

輯三

篇名	初作	定稿	備註
下一首詩	2013/10/17		
想飛	2006/7/21	2008/6/1 四修定稿	2006/8/4聯合報副刊
微型恐怖攻擊	2010/6/30		2011/1/26自由副刊
遺唐	2016/10/7		
9789865976002	2012/8/29	2016/7/22 一修定稿	
62839	2013/4/15		
房間	2016/5/31		

篇名	初作	定稿	備註
SQ-876	2016/6/18	2016/10/2 一修定稿	
指南大學城記	2015/4/15	2015/10/22 一修定稿	
這是最後一個夏天			
毛哥的酒吧	2009/1/4		
一段散失的對話	2007/4/24	2016/9/1 二修定稿	2017/2/14人間福報
兩個國王	2007/6/21	2016/4/7 三修定稿	2017/1/3人間福報
52路公車	2007/11/14		

篇名	初作	定稿	備註
岡山火車站	2008/2/9	2016/3/5 六修定稿	2009/7/28自由副刊
給山王工業	2011/3/24	2015/2/6 二修定稿	
最好的時光	2011/5/21	2011/10/31 二修定稿	

九歌文庫 1252

別裁

作者	廖啟余
責任編輯	羅珊珊
創辦人	蔡文甫
發行人	蔡澤玉
出版發行	九歌出版社有限公司 臺北市105八德路3段12巷57弄40號 電話／02-25776564・傳真／02-25789205 郵政劃撥／0112295-1
九歌文學網	www.chiuko.com.tw
印刷	晨捷印製股份有限公司
法律顧問	龍躍天律師・蕭雄淋律師・董安丹律師
初版	2017年5月
定價	**280元**

書號 F1252
ISBN 978-986-450-125-0
（缺頁、破損或裝訂錯誤，請寄回本公司更換）

本書榮獲 國|藝|會 NCAF 出版補助

國家圖書館出版品預行編目資料

別裁 / 廖啟余著. -- 初版. -- 臺北市：九歌,
2017.05

面；　公分. -- (九歌文庫；1252)

ISBN 978-986-450-125-0(平裝)

855　　106005208